原桥生

愿你明亮

如旷野繁星

我有一条
只蜿蜒到你心脏的河流

是顺流还是逆流
有河要流向你的陆地

一万首　残诗构成我

生命的车轮
也曾碾过大地的脉象

愿你明亮 如旷野繁星

顾桥生 著

湖南文艺出版社 博集天卷 CS-BOOKY
·长沙·

你看

我生命的车轮

也曾碾过

大地的脉管

目录

辑一 碾过大地的脉管

辑二 给你一场决堤的春色

辑三 永恒星

辑四 一万首残诗构成我

辑五 向春山

辑一

碾过大地的脉管

英雄主义

不必枝繁叶茂

大雪纷纷

也是一种英雄主义

分明

我就是要分明
要永恒地生长
要我的缺口
永远栖息着一个月亮

明日舟

愿
明日舟常在
不溺不死

歹 命

命

不可以偃旗息鼓

红脉管

你看
我生命的车轮
也曾碾过大地的脉管

掌灯人

你决然地跌倒
自然会有人决然地
在夜里为你掌灯

瓷器

人类啊

就像是瓷器

你的釉色就是你的眼泪

你看错了

你看错了
草甸　苔原　阔叶林
这些都不是我的植被
我的植被
只是一棵瘦弱的树

旧山

当春天来时
我们要允许一些山
仍然寒冷
仍然覆雪
仍然爱着它们的冬天

千山万水

可是
一颗心的千山万水
才是一个完整的春天

痛饮吧

生命
是一首饮满风雪的
酩酊宋词

向死而生

如凋敝的鹤一般

以血振翅

惊破万山

将歇余恨

我是将歇余恨

不死

不肯回身

世界啊

世界啊
我誓以荆棘破剑
又何妨凛冽风霜

不解

为何
我从未踏足你的堤岸
却因一阵涟漪
衣衫湿透

笔 锋

我才是我生命的笔锋
割碎荆棘
得窥万盛

深冬河流

在深冬

我有一条

只蜿蜒到你心脏的河流

死亡

她被安放在
那个小小的黑匣子里
我安静地什么都不做
却好像把世事都做尽

空 枝 摇 曳

丢掉烈马
丢掉诗和鲜花
我还有空枝摇曳

腹地吻

我锈迹斑斑的吻
正穿过密集的苔藓和芦花
抵达你碧水一般的腹地

芬芳

窗外是风和蝴蝶
你的身体
盈满了芬芳

时 鸟

雨越下越大了
你呢　时鸟
飞走了吗

不管啦

所以

管他是顺流还是逆流

终究

有河

要流向你的
陆地

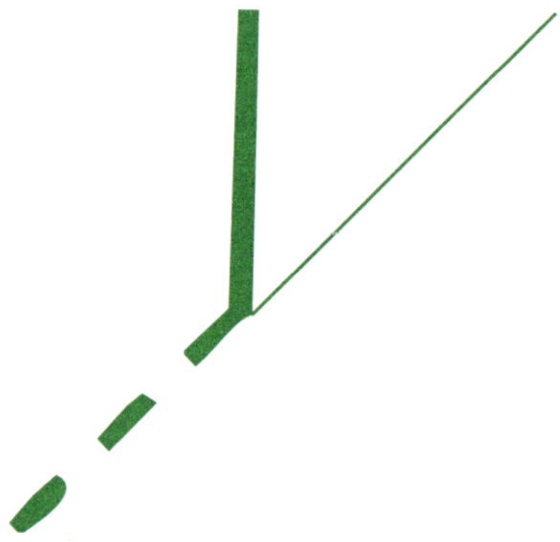

永不阵亡

我还会长出新的眼睛　嘴巴
还有金色的城墙
我只要站在太阳下
我的头颅就永远不会阵亡

远行客

我要一直远行

一直向千山万水

叩门问路

一口井

不需要华美
不需要干干净净
别人看我依旧是千山万壑
只有我看自己是一口井

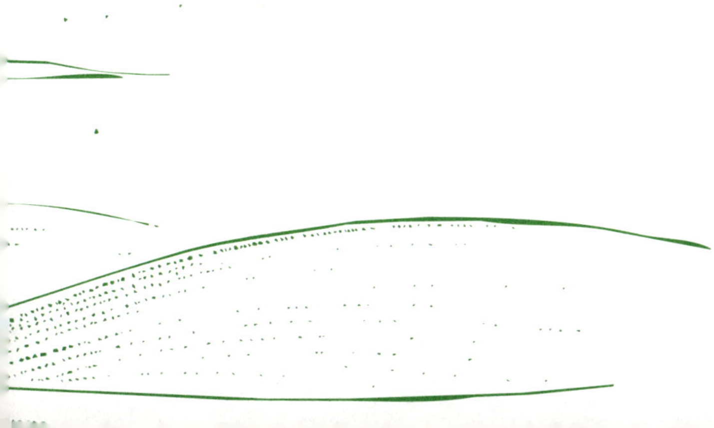

舴艋舟

最后
是这舴艋舟
构成了我的悠然山河

不败青翠

生命是
一部分的我坍塌了
还有一部分的我
是不败的青翠

铁壁堡垒

我有多少眼泪
就有多少片海
我有多少枪林弹雨
就有多少铁壁堡垒

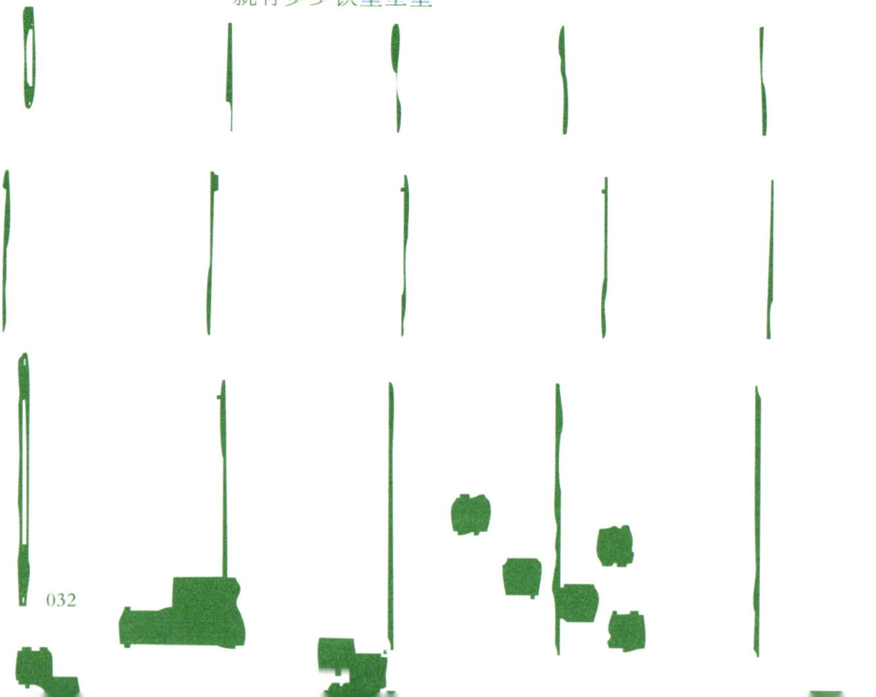

总是茂密

我当然知道
崎岖之后
总是崎岖
但茂密之后
也总是茂密

铠甲肉身

我的弓箭便是我的双臂
我的战马便是我的双脚
我的号角便是我的咽喉
我的铠甲便是我的肉身

冷山脉

我爱她冷冰冰的山脉
越是积雪绵延
越是绚丽明亮

明天

眼泪　烈日　深深的崖底
还有那喉咙里

永不干涸的水

都是我

　　生生不息的

明天

喜悦秋天

我还有秋天
还有幽深的小径
和小径之上的脚印
清晰而喜悦

燃火

所以哀号吧
抓紧自己的衣襟
在太阳升起之前
努力燃一把火
就当作人生
最后一次的死局

咀嚼苦难

人活着

就是要不断咀嚼苦难

生离死别

都要尽数收下

白白地

我白白地
给了你那么多的水
不行的
你得做我的河

新山脉

骤然
我的陆地长出了新的山脉
每一处山脊
都在朝向我

庙宇

愿这世间的悬崖峭壁
终成你身上的庙宇

辑二

给你一场决堤的春色

春天来了

遥祝各位
以春为序
敬此荣枯

春之绝句

春天低语
绵长青山
会生长出我的绝句

绿色树枝

你　是绿色的
树枝　总有一天

你会　栖息到
春天的　血管里

饮 春

舟耽旧湖
抱雪饮春

陈词

我的枯枝
在雪中陈词
世界会予它一场决堤的春色

雪

雪

你是在祭奠

早已死去的花园吗

枯叶遗言

一直到死亡
枯叶仍坚信
它是大地最雪白的词句

等

今生旧雪
来世繁春

凌迟

写在凛冬的诗
每一句
都是对春天的凌迟

严 寒

我爱你身上大范围的严寒
爱你漫长而破碎的海岸线
爱你所植下的每一株春天

今夜大雪纷飞

我是帆船

你是岸

可今夜大雪纷飞

耽误

误我良秋

折我诗篇

第一片树叶

那时

你坐在那里

好像一座贫瘠的山脉

而我愿做

第一片降落在你身上的树叶

春等我

非我等春来

料是春等我

江南

分明
我是江南
却要在你的山中
大雪纷飞

春天是一场盛大的呼吸

风吻上树的脉络
绿叶簌簌作响
春天是一场盛大的呼吸

最后一个长夏

此刻
你的眼泪大于一切的雨
而你
注定是我的最后一个长夏

一盈绿

爱是潮湿春天里
雨歇后的一盈绿

爱人冬

冬天太寒冷了
我的爱人
请不要在冬天翻阅我

残湖

我不要葳蕤春山
我要漫山遍野的笔墨
沉入你的残湖

一万个夏天

你是散文诗

而我是一万个夏天

夏日曲

夏日摇曳
万物降落一些词语
拥吻大地

韵脚

我晦暗
青山便迟暮
我明朗
千百年前的山
亦可做我的韵脚

晚 棠

晚唐砚台下的旧诗
到了今天
依然落了你一身的海棠雨

这里是夏天

这里没有摇摇欲坠的花朵
这里是夏天

绿

我是满树哑口的绿
至于花朵　珠雨之类
不过是在丰盈我

夏天的人呢

古池边荷落

咦

夏天的人呢

积雪春天

我们每个人都有
积雪和春天
两种骨骼

断桨

断桨

是折不灭的晚春

我会爱你整个秋天

我会爱你整个秋天
从蔚蓝色的长空开始
穿过远处的冷山和流水
跌落进你寂静的眼睛里

冬天

为什么在你面前
我会沦为一个
漫天飞雪的冬天

拾雨

倚身船檐下

拾雨见江南

春日墓

愿春天来做我的墓
我的墓志铭必须是
树林　花朵和青草

秋天过后

杏花　绿枝　滴雨声
秋天过后
再没有了这些词

甘霖

我爱她
一生燎原　几多困苦
请上天怜我空欢喜
为她在深秋下一场甘霖

青青绿枝

为何

望着你时

深秋会出现春天的

青青绿枝

发芽春

愿我的爱人
永远挺拔
有多少滴的泪水
便有多少发芽的春

枯叶

我知道
你的身体里仍有一场大雪
但我像一片枯叶
沉入你的冬天

活下去

我垂死的秋天啊
请在死亡之前
吹亮我所有黑暗的诗

野草

作为一根野草
我很想冲着你摇晃
很想给你一整个秋天的露珠
很想望着你
然后托住你的黑夜
听你讲青草依依的山谷

春河

我沉甸甸的头颅
淌着血
说
要给你一条春天的河流

生日快乐

祝我们
拥有平坦的小径
也拥有险峻的山脊
既是冬时雪
也做草木青

辑三

永恒星

定居

我是偶尔的时节
有时郁郁葱葱
有时暗淡干枯
但我会永远地
在我生命的岛屿上定居

平仄词

你似梨花
盛开在我的词岸
只落一次雨
便浸湿了我的平仄

比拟

我比拟你
是一首绝句
骤停在
我春的脉搏里

不救了

她说
她的生命是一首残损的诗
救不了
她死去的唐

情书

你太像一场漫天大雪了
以至于我所有的音节
都在为你截停春天

湖光山色

我爱你诗一般的肉体
它是湖光山色
绝非暮雨

送别词

我送你
朝露　湖水和山峦
你予我
薄雾　霜雪和碑文

梨花诗

爱过的意思是
一首无法写在
你诗集里的
梨花诗

雨

我的爱人
在你说爱我时
亿万年之前的雨
刚好降落在我的眼睛里

杏花雨

你作春深杏花雨
独占我一整个词阕

相逢

我踏着难挨的风雪而来
你的眼睛
是凛冬之后的山水一色

是爱诛杀了爱

若论宿命
是爱诛杀了爱

巍巍然

初见你时
遇缱绻绿荷　月下山黛
于是
这天地诗卷
才真真是巍巍然地开

相配

你是濒死的秋色
我是十一月溺亡的果实

告别

我作轻舟　与君相辞
君作群山　送我长风

拥 吻

今夜

我们拥吻

像贫瘠的脉络

蜿蜒至你的肺叶里

愚山志

我生来就是愚山

可一想起你来

便有惊雨乍起　风月失色

无尽

你爱群山
就要爱它的每一个时辰
你爱生命
就要爱它的每一次绝笔

一千年

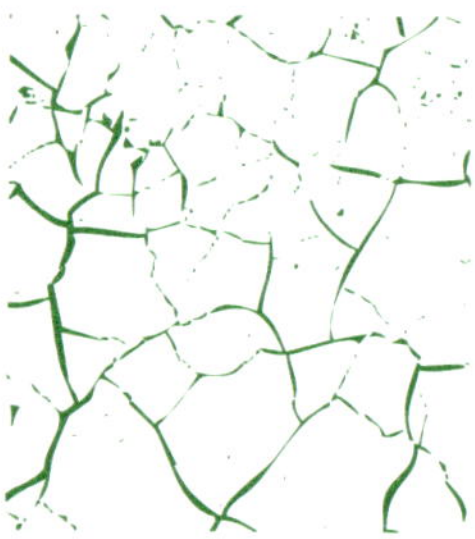

我爱
你在
潮
湿的岛

干涸　之前

诀别词

我对你的爱
像一首诀别词
没有回音

相望

想你时
我亲手断掉通向你的桥
与大雪纷飞
相望

悲剧

你既是我的诗句
亦是我远去的舟

题记

我一直说
你的身体是一首完整的诗
我只能拥有一些只言片语
却成为我生命的题记

不遗余力

爱你不平坦
爱你身体里的暴风雨
以及不鲜活的血液
爱你欲望深处的荆棘
爱你亲手敲碎圆满
不遗余力

蝴蝶爱人

我是一本禁书
你是落在我扉页的蝴蝶

姐 姐

姐姐
我要素衣过雨　独舟千里
远赴你那间草屋

遗诗

我们的爱
单有涟漪是不够的
要有冷冷的雪
有沼泽　有风台
直至成为一页遗诗

一 个 词

我碰了碰你的唇
我们便交织在一起
成为一个词

对视

此刻

夏日哑口　枝叶潮湿

我正在读你的眼睛

你像我的那片湖

有时
你像我的

那片 湖

晦涩爱情

我有多晦涩

就有多爱你

我会一直爱你

我会一直爱你
直到爱这个词语死掉

你的名字

我跳进我的诗里
留下一行字迹
骤然
摇晃成一个人的名字

古诗千年

古诗
也是走了几千年
才走到你的面前

无题

爱人啊
你在此地长泣
我必在此地
长跪不起

疾风骤雨

这世上这么多人
只有你爱我
疾风骤雨

刑期

爱　是我一辈子的刑期
我不逃走
我死有余辜

反季节

你朝我走来
大雪如雨露
十一月如春日

献给那些在尘世里无法相爱的人

让我们

去深山里

把彼此指认

爱人雪色

我愚钝　矮小　薄如蝉翼
我的爱人却说
我明亮　惊奇　洁白如雪色

木头

只有在你身边的时候
我才会变得潮湿
你不在
我就会变成木头

冬日花

没有鲜花
我用枯枝

开
满
你

眼波

想见你
想在你的眼波里
栖息一生

距离

因为你是湖水
所以我不要成为太阳

春

我知道
你并不是空空如也
你会有无尽的春

心 上 雪

在深冬
你是唯一的白雪
一直下在我的心上

泉水

很久很久以前

我就没有了水源

你是泉水

流进我的身体里

爱

我像白鸽
舞动翅膀一样
爱你啊

诗中山峦

我用眼睛读你的诗
你一旦写下山峦
我就不可能平坦

离别诗

我想

爱一个人

就是爱她的秋天

亭亭山色

多年荒山不见雨

直到你来

才知

你的眉梢是我亭亭山色

永 不

你譬如一首宽阔的诗
永不沉入世俗的河流

佛衣

焚了我的肉身

来世

我做你身上的佛衣

近不得

很近很近的山
透过你的眼睛看
却成了
无法抵达的荒原

前世沼泽

你是我前世的沼泽
所以今生
我没有一次可以淌过你

永 恒 星

该祝你什么呢
祝你今生明亮

做一颗

永恒的
星星吧

辑四

一万首残诗构成我

第一次读你的诗歌

第一次读你的诗歌
要先读到断翅　暴雪和日暮
才能读到蝴蝶　群青和人间

我的构成

我深知
一万首残损的诗
才构成一个我

隐山

不作惊绝句
只栖山掬雨

一页诗

春天
是一本溺水的诗集
你的
眼泪

是一页诗

本身

我的生命
由山川　暴雪　草木组成
它从来不是一首诗
它是世界本身

大诗人

我的大诗人
山川构成你的脊梁
大雪是你缄默的字
你在哪里挥笔
哪里就成诗

湖底

我是一具冬天的皮囊
不茂盛
只有一些干涸的湖底

眼泪

我的眼泪
会成为一道江河

雨声零落

我是无声的渡口
单单你来
雨声零落

一方词色

你的生命无须修辞
你自成一方词色

墓志铭

人生注定是一场有去无回的漂泊
途经无数条溪流
撑一叶轻舟　便再也不见踪影
不如就把我埋在秋天
不必立碑
我自成一片悠悠

你就像是我的心脏

我爱你的时候
群鸟便栖息到山谷里
万物寂静
此刻　你就像是我的心脏

文字鹤

文字如鹤

会带你飞过生命的荒岛

高墙

世界　你看

我变成

高墙了

翠绿江南

我的尽头是树吗
不　我请求
我的身体里要长出一个
翠绿的江南

宽山水

太宽了
这山水实在是太宽了
而我的命却是这样窄

灌木丛

我知道
在你宽阔的松林间
一定长着一片
矮小的灌木丛

判词

请爱我湖泊的人
也爱我的波纹
请爱我身体的人
也爱我的坟

自己

我对自己说
在写下一首诗之前
先写下自己

城门风暴

我抱着你的身体
不发一言
任由风暴
席卷我的城门

绝境

我只想凝望你

凝望你陡峭的孤峰

昏沉沉的屋子和天空

从一个绝境

沉入另一个绝境

孤独汪洋

你只是经过我这里
不靠在我任何一棵树下栖息
不观赏我的院子
不喊我的名字
但我仍是喜悦的
喜悦你的到来
喜悦你不带来一滴水
却把我的孤独
变成一片汪洋

山中

偏偏
我在山中
而你
在这山外

山川泥身

我的文字和我一般
皆是一座小小的墓碑
时而做山川
时而做泥身
如此一生

未完待续

你看

我未写完的诗稿

正写进你的身体里

惜

我穿过烟雾朦胧的夜色
穿过寒冷彻骨的山林
穿过风　穿过雨
穿过雾　穿过雪
穿过每一个静谧的清晨
没能穿过你

人间舞

没有任何的光阴可以使我凋敝
没有任何的冷风可以使我荒芜

光明

为了见你
我才创造了太阳　火焰
还有全部的光明

无畏野草

那时的我们
是两株不知名的野草
却无畏地生长在野山下
我的吻是潮湿的
犹如雨水
打进你的嘴巴里
再波澜壮阔的形容
也无法讲清楚这种耳鬓厮磨

我要疼痛胜过诗

我不要明亮地写诗
我要辗转　要漂泊
要踏过这悠长的岁月
穿过这颠簸的四季
经由大雪和枯河
抵达我生命的墓地
我要一无所有地往前
我要疼痛　胜过诗

波光粼粼

我摔倒　流血
但我也站立　喜悦
我永远爱这个世界的波光粼粼
胜过死亡

水河

水在哪里
哪里就有河
我在哪里
哪里就有诗

我的秋

秋山沉沉
风雨簌簌
就像我生命的一部分

舟山水

我走向你

像一条舟

走向它的山水

空院子

我的院子已空
我请求
到春天去

冷巷

爱是一条狭长的冷巷
我的足在这里
哪里都不去

小涟漪

天地间
我只有一片小舟
但我摇晃的涟漪
绝不能停息

看见我

总有一天
经过我平原的人
也会经过我的山丘

我要写什么给你

我要写什么给你
写我的肉身
写我的漂亮
写我的一截生命

两种天气

我如此简陋
但我的身体里也可以并存
晴朗和阴霾两种天气

无

至此
我生命中的大雪
再没有一场
是为你而下

我要瀑布

不要给我雨
请给我瀑布
不要给我纷纷白雪
请给我潮湿的你

伤口河流

穿过我河流的人
必将穿过
我坚硬的岩石
破烂的淤泥和伤口

冬湖泊

我是一方早已结冰的湖泊
我不需要春天
不需要植被
不需要谁成为我的舟
我自己便是与春齐名的冬

我的绝笔

我的绝笔
是利刃　是山脊
是被斧头劈开
却仍在生长的一截枯木

绿色心脏

我自己就是森林

我会在隆冬

呼啸出一颗绿色的心脏

辑五

向春山

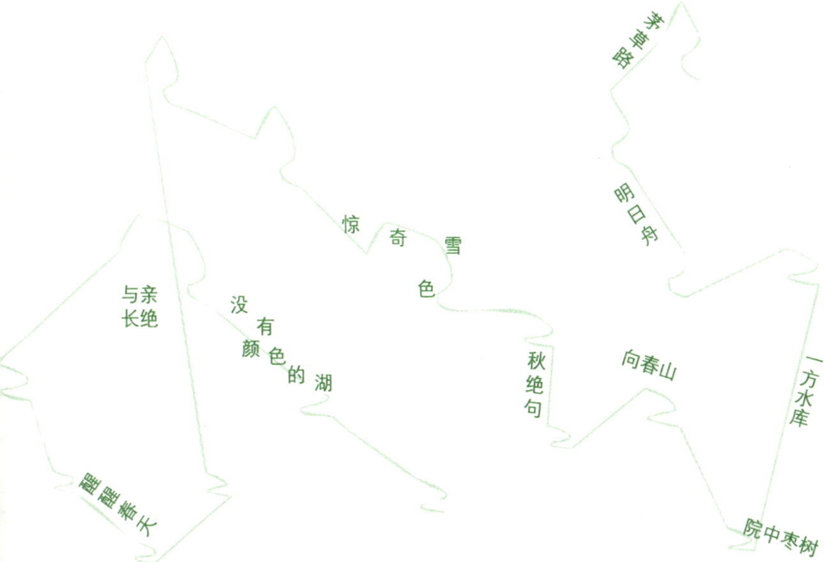

没有颜色的湖

你有一片湖，那里会有你的春天。

春天来时，山谷里的树木呈现出一片生机勃勃的绿，每一片叶子都闪闪发光，似乎要从脉络里长出一段永恒的生命。河水潺潺流动着，清澈而波光粼粼，朝着房屋，朝着草木，朝着阳光，声音悦耳，轻轻地与春天相和着。

还有大大小小的湖泊，慢慢融化成湛蓝色的模样，像一首首跳动着的诗，成为这个世界上最惊奇的景色。我爱死了这样的斑斓，这样的蓝，这样的春天。当然，会有长夜时分，但只要我们肯等到黎明，这样的景观便永远都在。

不过总有春天覆盖不到的地方，或者是一棵久久不肯发芽的树，又或者是地球角落里某一片没有颜色的湖。你一定奇怪，湖泊不都是蓝色、绿色或是晶莹剔透的吗？因为万物的多样性，因为大自然的包容，因为生命的永恒，于是那片暗淡的、不美好的湖泊，也有另一个名字，叫作奇迹，春夏秋冬亦不能改变其分毫。它有它自己的季节，何时流动，何时波涛汹涌，何时奔向春天，都由它自己决定。

在我的身上，就流淌着这样一片湖，我爱它的暗淡、断裂和无法生长，即便没有人肯来到它的面前，它也有自己的景色和斑斓，不茂盛，却独特，不明亮，却完整。

每当我走入人群中，我总想流泪，总想让他们都知道我也有一个盛大的春天，在我的春天里，有他们看不到的水，有他们看不到的植物，也有他们看不到的阳光。但世俗总喜欢提醒我，这个世界上的树一定要是绿色的，湖泊一定要是蓝色的，春天一定要是柔和的，我自成一格，便是异类，便是生锈的铁轨。

于是我将所有的精力都用在描绘我的春天上，假装长出绿色的树叶，甚至连它的脉络也涂抹成绿色。我怕风，也怕雨，因为我知道我的树是经不起风吹雨打的，我不想原形毕露，我只能蜷缩着，于是我的树也变得歪歪扭扭，不再挺拔了。我快要被击倒了，阳光不能救我，雨水不能救我，妈妈也不能救我，我想只有我本来的颜色可以救我。

神明质问我："不害怕吗？"

我回答他："害怕，但我更喜欢自己身上真实的部分，低矮的灌木丛、一片片奇怪的树叶，还有我那没有颜色的湖，皆是全部的我。"

相比于这个世界，全部的我，才是这里

最惊奇的景色。

但我时而还会听到那些让我痛苦的声音，砍伐者举起斧头，重重地砍在我的躯干上，有干净的液体流出来，瞬间便流满了整个陆地。我不害怕疼痛，不害怕鲜血，不害怕断裂，因为我会一直生长。树干被砍断了，我还有根，我会在我的陆地上深深扎根，过不了多久，便有新的叶子长出来，会替我迎接又一个春天。

我可以断裂一万次，既然选择了这条路，那我的使命就是不停地断裂，然后不停地新生。我不会倦怠，不会哭泣，不会懊悔，我只会拾起那些断枝，向世俗发起进攻。我不打算在这次战役中生还，我流血，是因为我有血可流；我跌倒，是因为我的头颅还没有被砍下。

但有一个人，她站在远山处，身边围绕着各种颜色的植物和花朵，她总是望着我不说话。她越是长久地沉默，我就越是长久地痛苦，痛苦没有还她一个正常的孩子，痛苦没有让她拥有安宁的生活。

这个人，就是我的妈妈。

她会小心翼翼地来到我的湖边，越过那些干枯的树枝和淤泥，蹲下身，捧起我的水，就像捧起了无数颗繁星。在她眼中，我永远晶莹闪烁，永远澄净无垠。

她知道，我这里还会出现更多的沼泽、石头和荆棘；她知道，万人口中的流言蜚语会一次次击中我的桥梁；她也知道，我选择的究竟是怎样的一条绝路——绝无生还可能之路。但她愿意送我一程又一程，爱我一场又一场。

她只是一个普通的农村妇女，她不懂诗，不懂文学，不懂我内心的凄苦，但她知道，爱是什么。妈妈好像天生就会爱人，爱我写下的每一个字，每一行诗，更爱我选择的爱人。

可是妈妈，世俗的风浪真的好大好大，我只是一叶小小的舟，究竟要怎么翻过去呢？我想，假如我是一片茂盛的森林就好了，这样每一棵树都可以为我抵挡一次砍伐，有一万棵树，我就可以重来一万次。但我不是。

妈妈会摸着我的头说：“但你有一片湖，那里会有你的春天。记得，别放弃那里。”

是的，我的眼泪会化作湖水，我的痛苦会长出血肉，我的爱会保护好这片区域，直到有人涉水前来，爱上这里的宁静和美丽，也爱上这里的沼泽和荆棘，我便知道，是她来了。

惊奇雪色

我愚钝，矮小，薄如蝉翼。
我的爱人却说：
我明亮，惊奇，洁白如雪色。

某天我伫立在一片茫茫雪地里，脚下是深深的积雪，抬眼望去是没有尽头的路。在这种绝境之下，我只有单薄的身体和微弱的呼吸声。我甚至不如任何一株枯萎的植物，白雪覆在它们的身上是一幅静谧的画卷，但覆在我的身上，却是杳无人烟的蛮荒。

谁愿意进入我这片蛮荒呢？这里是光秃秃的白，没有绿色的枝条，溪流也是干涸的，飞鸟之类更是不肯栖息。也许会有一座山谷，低矮、贫瘠，大多数人也只是经过，不做任何停留。

可她来了，手里携着鲜花和很多种奇异的植物，她双脚踩在我的山谷上，把漂亮的鲜花和奇异的植物一一展示给我看。我木讷，她便喋喋不休；我愚钝，她便一遍遍地说；我脆弱，她便做我的太阳。她是我的爱人，也是我的神祇。

当我说，我是十二月的冰冷积雪，她却说那是最明亮的雪色。当我说，我是三月的料峭春寒，她却说那是春天来临前的漫漫火焰。她用“惊奇”“明亮”“花树”“雪色”这样的词语形容我，我用生命里所有的爱去爱她。

幼时，我会经常望着那些侃侃而谈的同学发呆，他们有趣、妙语连珠，而我，几乎不敢大声说话。那时候就期待着自己变成一棵树，不必开口，不必绽放光华，就待在树林里默默地扎根、生长，长自己的叶子，不必艳羡任何人，我自己就是独一无二的生命。

到了青春期，我发生了翻天覆地的变化，我渐渐发现了自己的不同，偏偏喜欢和大家不一样的东西。那一刻，恐惧、悲伤、眼泪一下子袭击了我。在漫长的一段时间里，我无法承认自己，我不再想变成一棵树了，我想变成和大家一样的人，又或者干脆就变成星星，也许就不必经历这般痛苦的挣扎了。

我几乎说不出任何话，对着朋友不可以，对着父母不可以。我只能走到湖边，走到山下，走到某一条小径上，对着水，对着山，对着草说。那时水会泛起涟漪，山会出现回音，草会轻轻晃动起来，我觉得它们一定听到了，我的心便开阔了一些。我想如果遇到我爱的人，我一定会更开阔一些，我抱着这样的期待，又继续往前走了。

一直到现在，我都觉得真正的爱，可以让我平静、开阔，有了她，我不再想做一棵树了，我想做一个活生生的人。

我仍有很多个悲观的时刻，当我读海子的诗的时候，当我听到一首歌，或者是看到某枝枯萎的花的时候，我的眼泪总是那么多。我眼看着它们流下来，既浇灌不了我的春天，也无法化作我坚强的养料。它们只是眼泪，只是流下，然后干涸，我接受自己的脆弱、孤单和单薄。

她的手白净又柔软，有时像羽毛般洁白，有时像青山般辽阔。她最喜欢轻轻擦去我的眼泪，留在她手心里的每一滴泪，她都视为珍珠。更多的时候她会靠在我的肩头轻轻发出呜咽，这个时刻，便是我在这个尘世最痛苦也是最幸福的时刻。

她的每一根发丝好像是从我的身体里长出来的生命，我不祈求生长出生生不息的绿色森林，我也不祈求生长出绵延无尽的巍峨群山，我只祈求生长出她身体的一部分，与她紧密相连，再无分离。

十二月，我们并肩站在山下。山下正是

鹅毛飞雪的时分。

她竟朝着天空张开双手，须臾之间，白雪便浸湿了她的手心。这时的雪像极了爱，汹涌热烈，湿漉漉的，像眼泪，更像是吻，袭击着我和她。我们都是小小的人类，却想在偌大的尘世里种下爱，无论枪林弹雨或者风霜雨雪，我们站在一起，便是击不垮的堡垒。

在这个艰难的人世间，我一次次地跌倒，被砍伐，被剥夺，被重击，但我不怕的，因为每当我站起身，我都会看到她的那双眼睛，有时是晶莹透亮的，有时会有动人的泪珠。她会拥抱我，会扶起我的手臂，会轻声安慰我。

我的周遭会有很多嘈杂的声音，反对、质疑、伤害、冷漠，甚至是鲜血淋漓的攻击，这么多年一直如此。我更像是一根木头，被扔在世俗里，我木讷地等。总会有人来，不砍伐我，也不审判我，她只是爱我，爱我所有的愚钝，爱我身上不好看的颜色，爱我在人群里低下头的每一个瞬间。

当我每一次垂下头，总会听到她的声音，那样赤裸，那样用力，那样无畏，同她的爱一样，干净凛冽，朝我敞开着，无惧任何的雪，永远温热，永远惊奇。

她在我身边的时候，我不再是一根木头，我长出了自己的植被，它们错落有致地在我的生命里生长着，也会有群鸽起舞，歌唱黎明，歌唱爱。这里是我的山谷，我会和我的爱人一起，让它挺拔起来，峥峥草木，亘古长青。

与亲长绝

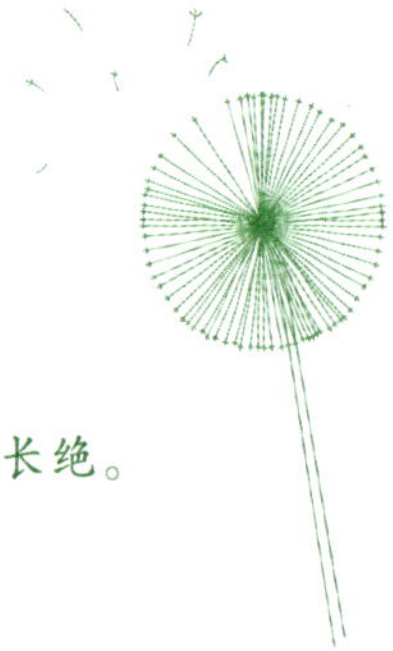

秋九月，月澄明，与亲长绝。

“你总是轻轻地给我风，给我雨，给我肥沃的土地，给我灵敏的长颈鹿；你总是小心翼翼地爱我的触角，抚摸我身上每一处暗淡的伤痕；你总是爱我，胜过你自己的生命。”

好想回到十几年前的那段光阴，仅我和你，坐在小小的院子里，有时会在葡萄藤下，有时会在枣树下，但更多的是在平坦的屋檐下，因为那里没有刺眼的阳光或是雨水。那时我的身躯还是瘦小而单薄的，不足以抵抗岁月的风霜雨雪。那时的你，双腿还是健康的，只是头上的白发永远那么多，好像从我记得你时，你就是如此，头上长满了白发，皱纹爬满了你的额头，好像你生来就是这般模样。

那时我不懂，为什么你总喜欢盯着我看呢。都说是隔辈亲，但为什么你单单爱我一个呢？如今的我总不甘心地问那些不爱我的人，为什么不能爱我呢？我可以变得更勇敢，更积极向上，像一条河流那样宽广，像一座山脉那样雄伟，但总有人折断我如折断一根树枝那样干脆。

我终于知道，我不断渴望的爱其实你早就给过我了，无尽的，没有条件的。你不因我的明亮而爱我，也不因我的暗淡而不爱我，你只是爱我，哪怕我是灰尘，是泥土，是光秃秃的荒地。

我并非没有想过你会离开，我知道总有一天你会离开那间屋子，离开院子里的树，离开这个世界，离开我。

但我想，那会是怎样的一天呢？应该是暴雪天气突然降临，院子里的几棵大树变成了光秃秃的模样，成群的白鸽轻轻地飞回你的身边，檐下白雪，会同你一起消亡。事实是，一个人的死亡并不浩大，没有白雪，没有群鸽，甚至没有声音，它就那样静悄悄地来临了。

2022 年中秋节，你的生命迎来了终点。听妈妈说，你走得十分安详，没有留下任何话语。那时院子里的树仍是繁茂的，与你在世的时候并没有什么不同，只是伴着很多人的哭泣声稍显悲凉而已，也只是悲凉而已。但对我来说，你的离开，还是吞噬了那个秋天。

我没有那么好的运气，赶到家的时候，能触摸到的不是你的脸和身体，而是停在院子里的早已冰凉的棺材和一张小小的遗照。你就躺在棺材里面，你的手，你的脚，俱在，但已不再是这人世的一人。那时我便知道，从此以后我只能爱你待过的院子，再也不能爱你这个人了。

外婆啊，我知道你会变成一条静悄悄的河流，缓慢地，不停歇地，在我的身体里流淌。有了你的湿润，我便不再是一块荒芜的硬土壤了。我会长出绿芽和强壮的枝干，还有数不尽的果实，在四季里成长，直至长成一片永不凋零的森林。

我一次次地问，一次次地哭，想拉住你最后的时间。

但很短的时间里，便什么都没有了，你没有了身体，你彻底变成了灰烬，你被安置在一个小小的黑匣子里。那么大的你，突然变得这样小，那分明是你，却又分明不是你。真正的你，再也没有了。

外面是枯萎的树，里面是你小小的坟。

你的坟离家很近，只有几里地的路程，你的腿不好，即便是拄着拐杖走，恐怕也要走上好久好久，但我知道哪怕慢一点，你也一定会回家，因为你的子孙在那里，你唯一的挂念在那里。至于要转几个弯，路过多少棵树，踩过多少片枯叶，你都不在意，你在意的是究竟何时能归家。

那个秋天之后，家里的枣树，总是日渐稀疏，再也结不出以前那样丰硕的果实。是不是枣树也会落寞地想，你究竟去了哪里呢？其实你没走多远，却再也回不来了。

通往你坟墓的路，要经过一片杂草，每次和妈妈她们去，她们总是轻车熟路的样子，哪怕是在天刚刚亮的时候，她们甚至连路都看不清，却总能很快穿过那片杂草，准确无误地找到你的坟。

你的坟很小很小，和这个庞大的世界相比，几乎可以忽略不计，但就是这样小的坟，却是干干净净的，没有任何杂草，周围的土壤也是柔软的，比任何地方的土壤都要干净，都要柔软。我低下头看，仿佛能透过这土壤看到你，这一刻我爱这里的土壤胜过一切。

妈妈会跪下来，边烧纸边哭，给你说上很多话。还有小姨，她总是哭得最厉害的那一个，甚至会悲伤地扑倒在你的坟上，就像是扑倒在你的怀里。你能感觉到吗？能听到吗？

你看，人和树的命运还是不一样的，一棵树在今冬干枯了，明年春天还会长出新的叶子，继续繁茂，继续在这个世界上肆意生长，但人呢，一旦逝去，便什么都没有了，呼吸、心跳、脉搏，都消失了。

人的生命，有时比一个秋天还要短暂，但真正爱你的人会用整个人生来怀念。

我知道在你的眼里，我一直是那片蓝色的湖，生动的森林，以及花朵、阳光和宽阔的路，你把所有的爱都种在我的身上，绝不是让我流眼泪的。是你让我知道，爱是一颗广阔的星球，我可以奔跑，也可以停歇，它是无止境的，在这颗星球上，我永远不会沉没。

你给我的爱，是这个尘世加起来都比不过的，却让我更爱这个世界了。

我会爱之后的每一个秋天，爱每一棵树，爱每一场雨，我的人生会如你期待的那般，丰盈且不屈，既是星辰，也是陆地上生长着的绿叶。雨雪的肆虐，只会让我更繁盛，我的生生不息就长在我自己的身上。

我一直都知道，你的坟在哪里——它就在我的心上。

向春山

我知道，你的身体里仍有冰冷的钉子，有凋零的树木，有绵延无尽的积雪，有破碎的洞穴，有荒原，有苦痛，有泪水，但是也有生生不息的春天。

二十五岁之前的弟弟，像是一场好天气，晴朗、澄澈、自由、奔放，每每谈起明天，眼中皆是意气风发的光，仿佛这个世界都在他的脚下，他犹如一只雪白的鹤，迎风振翅，永远盛大，永远熠熠生辉。

但命运却猝不及防地选中了二十五岁的青年。2022 年八月的一天，他因为工作关系被羁押在公安局，我被通知去签字，当我看到他的名字的那一刻，心里像被一万匹马碾压而过，那时觉得再大的疼痛也莫过于此了。我知道，当时的他就在隔壁，隔着一扇门，却像是隔了两个世界那么远。

紧接着，他到了看守所，我以为可能只用几天就能回来，没想到到今天已经两年半了，二十五岁的青年，今年已经二十七岁了。我曾无数次站在看守所的门口，很想变成一只白鹤，飞过高高的门，去找到他，问问他，还记不记得回家的路。

在他出事以后，妈妈就开始信佛。每次看到她念佛经的时候，我总忍不住掉眼泪。我很想安慰妈妈，却想不出合适的话语，我只是沉默，然后坐在她的身边，这是我这么多年最无力的时刻。

佛啊，你听得到吗，一位虔诚的母亲的祷告。请收下她的眼泪，收下她日日夜夜的期盼，收下她最澄澈的母爱，那是她的天光大亮。

后来，我们陆陆续续收到了很多封弟弟的来信，在看到他的笔迹的那一刻，又是一次天崩地裂般的思念。弟弟寡言，信上的话总是那样简单，大多是“我一切都好”“不用担心”这样的话语，寥寥数语背后，我们无法想象他究竟处于怎样的绝望之中。

一个冬天的晚上，我在家门口的小径上散步，抬起头竟看到早已干枯的树枝上开了一朵小花。它那样渺小，却倔强；它那样惧怕严寒，却洁白；世事淡薄，它却如此生生不息，像一把剑的心，可以击碎整个宇宙。

我想，二十七岁的弟弟，此时正站在废墟上，在他身边生长着的正是那朵小花，此刻便是他人生中最好的良辰美景，不必哀叹苦难，不必执迷胜负，不必怨恨命运，而是要细听小花的吟唱，一声一声，那是乐器，是武器，也是诗。

通常人们谈及苦难，大多面目狰狞、怨

恨、恐惧、悲伤，甚至是流下难以自控的眼泪，仿佛那就是一道永远不可翻越的高墙，我们只能抬头望着；也会经常觉得自己只是一口小小的井，阴暗潮湿，只能躲在世界的某一个角落独自活着，也只是活着。

我见过很多人，见过他们身上的伤疤，也痛惜他们流下的每一滴眼泪。有十七岁的女孩子深陷抑郁症的折磨，我想那应该是一棵幼小的、充满伤痕的树，浇水、施肥都不能使它长大，但它仍是坚强的，它仅靠着自己脆弱的枝干，就能在寒风中站立很久很久。它清清楚楚地知道，等到春天，等到春暖花开的季节，它或许就能有一丝希望。哪怕只是长出一片叶子，那它也是欣喜的，因为一片叶子也是希望，只属于它自己的希望。毕竟无论是小树还是人，“希望”的诱惑真的太大了，不需要长出参天大树，只要一点点希望就好。

还有长期遭受校园霸凌的少年，他被推倒，被捂住嘴巴，被逼到墙角，那一刻，他的身体没有流血，但是心已经血流成河。“河”这个词语在他小时候，应该是丰盈而有力的，河水清澈，河岸上长满了高低不一却很茂盛的植物，不同的绿色汇集在一起，像是一片美丽的树林。但如今的“河”，没有树木，没有清澈的水流，有的只是痛苦和血腥。少年呀，我想推开众人的手，站在你的身边，想在你心里的河里，放上一叶蓝色的舟，载着你去春天，去树下，去明天。

春山就在那儿，少年们，用力甩掉身上的淤泥，且做白鹤，做飞鸟，做弓箭，奔赴春山吧！

当然，你们也许会问，春山在哪里呢？春天又何处寻呢？其实答案就在我们自己的身上：我们的头颅是春天盛开的花朵，我们的双臂是春天繁茂的树枝，我们的双腿是春天绿色的山峦，我们的脉搏是呼啸在山谷里的风声，我们的心脏就是春天，永远不会凋谢的春天。

我们每个人身上都有一个生生不息的春天，翠绿色的植物遍地都是，深深浅浅的河流折射出一个蓝色的天地，有孩童的笑语声，有椋鸟的鸣叫声，山谷间跑出一条幽深的小路，再往远处走，便是静谧的桃花林。

这里的春天，无视时节的涌动，无视万物的兴衰，遇不到雨季，淋不湿衣衫，你只管栖身于此。

院中枣树

清晨，露珠，院子，我是一棵枣树。我在这里出生，也在这里死亡。

我爱我这重复而寡言的一生。

北方的院子里，千篇一律生长着的一定是枣树，家家户户皆是如此。记得在幼年时，家里小小的院子里长着两棵挺拔的枣树，它们不似其他树木那样繁茂，却在院子里默默地生根发芽，年复一年地结出丰硕的果实，尤其到了秋天，到了枣子成熟的季节，整个院子里飘着的都是枣子的香气，每到这个时刻，我总觉得它们一定会活一万年那么久。

但真正属于枣树的光阴总是很短。春天，它们的躯干上会慢慢地长出新叶，与其他植物相比，一点都不醒目，而人们呢，绝对不会想着在春天去观赏一棵枣树，他们会去赏花、看水。尽管如此，枣树的生长却绝不因任何人的漠视而停止。

到了夏天，枣树的躯干逐渐变得结实，每当有风吹过，总能听到它们悠扬而倔强的簌簌作响声，除了叶子，还有果实，仿佛要对着世界唱歌，或者是舞蹈，再大的风，再急的雨，只会让它们更强壮。但大部分的枣树都生长在院子里，路过的人太少，几乎鲜有人能听到它们的鸣唱。它们的声音，有时只说给自己听，但不怕的，因为它们身上的每一片叶子都是一颗跳动着的心脏。

而它们最波澜壮阔的季节，便是秋天。

秋天，人们会来到枣树下，愉快地摘下它们成熟的果实。一颗颗枣子滚落在地上，饱满而香甜，此时的枣树胜过整个秋天。那时候，爸爸总带着我一起打枣，我每拾起一颗枣子，便觉得是得到了枣树的整个生命。多年以后的今天，再想起院子里的枣树，却觉得当时拾起的其实是我自己的少年时光。

很快，秋天便结束了，随之而来的是枣树的枯萎。几乎是一夜之间，它们好像从少年突然变成了老者，不再意气风发，不再像一把剑，而是勉强站立，但它们仍是坚韧的，尤其是当冬雪覆上它们的枝干的时候，它们并不害怕，我反而听到了它们身体里熊熊燃烧的声音。那是什么呢？是烈火，是鲜活的心，是灿烂的生命。

小小的院子里，两棵枣树孤独地站立着，生长着，春夏秋冬只会丰富它们躯干的宽度和生命的厚度。冬天它们凋敝了，到了春天会长出新鲜的、绿色的血液，这种血液是绵延无尽的，最终战胜了所有的寒冬。

在枣树的身上，我看到了生命的重复，年年如此，日日如此，守着这座院子，守着这座院子里的人。

人似乎也是一样的，在世界的某一处角落，日复一日地重复着自己的生活，有时钉子砸在自己的身上，有时暴雪困住自己前行的路，但我们的身体里都生长着一棵无比坚韧的枣树，它告诉我们，挨过寒冬，便是春天。

高中的时候，爸爸总要骑着摩托车，顶着刺骨的寒风送我去学校。二十里的路程对那时候的我们来说很遥远，每当我的身体被寒风吹透的时候，我都会想总有一天我要离开这里，离开这个偏僻的村子，离开这个只有枣树的院子。我要去到地球的各个地方，去淋雨，去看荒芜的土地，去爱这个世界上各种各样的树。

直到现在，我一次次地回到院子里，看到年老的爸爸依然留在这里，他老去了，眼看着一辈子的时间都要留在这里。我问他，为什么不离开这里呢？

他回答我："祖祖辈辈都在这里，我们的

根都在这里。”

我忽然眼泪直流，再也不敢直视他。就这样吧，我不要长大，他也不要老去，我们不要前面的路，我们回到过去，回到那年秋天，回到其中一棵枣树下，我们站在一起，谁也不许离开这个院子。

当凛冽的寒风吹过枣树的躯干时，它们没有倒下；当秋天的人们采摘下它们所有的果实时，它们没有倒下；当春天的光阴久久不能使它们发芽时，它们没有倒下。但在某一个极其普通的下午，因为修缮院子的关系，它们被砍掉了，没有任何预兆地被砍掉了。

我也是过了很久很久才注意到家里的枣树没有了，而家中的院子竟没有任何萧条的感觉，代替枣树的是更多的绿植，它们每一棵都生机勃勃，很快成了院子里新的风景。

每当我想起那两棵枣树，我都会想起曾经打枣的场景，想起它们光秃秃的枝干，想起它们不屈服于寒冬的身姿。而随着时间的推移，关于枣树的记忆日渐模糊。越长大越明白，枣树的命运和人的命运是一样的，不过是日复一日地重复着自己的生活，不知道哪一天会被砍掉。

有一天我梦见了那两棵枣树，它们告诉我，它们的命运就是既在院子里出生，也在院子里死亡，而曾经结下的那些果实会永远留在人们的记忆中。

我想，我也是如此，生命的意义大概就是如何在这有限的时间里结下更多的果实。祝我们只身走过生命的长河，能够激起属于自己的涟漪。

一方水库

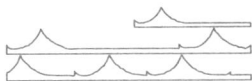

妈妈，哪怕我这一生都汇不进大河，也没关系吗？

我居住的区域没有湛蓝的湖泊，石阶、苍山、森林，这些都没有，这里只有一方小面积的水库，它狭小、贫瘠，没有颜色，我甚至叫不出它的名字。可在四季轮转中，只有它寂静地守候着这里的繁盛和凋敝。

我爱它，胜过世界上任何一条宽广的河流。

说起河流，我以为我想到的会是世界上最长的河流——尼罗河。哪怕不是尼罗河，也一定是长江、黄河，它们是浩大的，是瞩目的，是值得被所有人瞻仰的。当我站在它们的面前时，我一定是渺小的，我怀着人类的脆弱去注视它们，可不知道为什么，我注视它们越久，就越不爱它们。因为遥远，因为距离，因为无尽。

因为人类过于渺小，所以我们喜欢阳光、春天和望得到尽头的路，我们讨厌无常、庞大和悲伤。我所期待的日子，一定是在某一天的下午，穿着一身干净的衣服，和爱的人在平坦的小路上散步，边走路边欣赏夕阳，这时候的我，不关心远方的森林里又长出了几棵大树，只关心此刻心里的平静和喜悦。

原来不是所有的地方都有河流，原来不是所有的城市都有高楼大厦，我们必须承认，总有人在一片狭小、落寞的土地上生存着，哭着，笑着，跑着，跳着，他们的生命力是那么动人，那么晶莹透亮。

我的家乡就是这样一片土地，这里没有河流，只有一方水库。在见过真正的大江大河之前，我一直以为这一方水库就是书上所写的河流。

我喜欢沿着水库的小路一直走，尤其是夏天，可以感受它清凉的水汽。和炎热暴晒的天气不同，这里永远是湿润的、凉爽的。水库边会坐着各种各样的人，他们拿着蒲扇席地而坐，一起一落之间，水库里面的水也跟着起伏起来。在我看来，这时候的水波纹便如同一幅山水画般美丽，而最好的画家，是被水库滋养着的这片区域，以及生活在这片区域里的人。

而对我而言，这片水库更像是一名长者，见证了我人生的波折，见证了我的喜悦，也见证了我生命里的火焰。在我无法坦然暴露脆弱的时候，我来到这里；在我无法与他人共享喜悦的时候，我来到这里；在我无法尽情流下眼泪的时候，我依然来到这里。

我越长大越喜欢这片水库，喜欢这里各

种不起眼的植物，也许它们无法一一被记录进书里，也许它们只生长在这片小小的土地上，也许它们一生都无法长成挺拔的草木，但它们都曾被栖息在这里的人注视过，深深地注视，深深地凝望。

记得我和妈妈最喜欢在这片水库旁一起散步，我们会聊时节，聊老家的麦苗，聊不知名的植物，也会聊爱恨，聊心里的刺，我总觉得要抓住一切时间把整个世界都说给妈妈听。后来，和妈妈总是聚少离多，但水库旁的这条路依然在，每次我走上这条路，都会想起妈妈，细腻又伟大的妈妈。

妈妈，哪怕我是一条小河流，也没关系吗？

妈妈，哪怕我是一方小水库，也没关系吗？

妈妈，哪怕我这一生都汇不进大河，也没关系吗？

当我赤着脚走在真正的河边时，才感受

到大河的遥远、空荡和没有回音。它那么宽阔，又那么寂寥；它那么无尽，又那么虚无。我期待它包容我所有的眼泪，可它过于寂静，哪怕我所有的眼泪都投掷到它的河底，它依然毫无涟漪。

而那时我最想念的还是那方水库。

少年时，总觉得千里之外的森林里一定长满了各种高大、繁茂的大树，所以长大后才会不顾一切地往森林里走，但越往深处走，就越觉得森林大得可怕，原来我会迷路，会被那里的空气吞噬，会越来越看不清自己前方的路。直到我真的见过了各种各样的树，才意识到原来最好的那棵其实是家门口的小矮树。

我会尽情地在这棵小矮树上嬉戏，采树上的叶子，在每一个炎热的午后靠在树下休息，甚至什么都不顾地躺在树下睡觉，我不必去遥远的森林，也不必跋涉千里，树下便是我的森林。当我躺下时，这里便是我的床；当我站立时，这里便是我的路。

就这样，家门口的那一方小小水库和小矮树连在一起，构成了我生命的痕迹，它们有些深，有些浅，有些是我的眼泪，有些是我的幸福，它们加在一起，才是那个活生生的我。

如果你现在问我，还想要去看看宽广的河流吗？我还是会回答“想”，我想去看，去看世界上不同的河，不同的植被，不同的植物。

但我更坚定的是，这世界上永远都有更长的河流，却没有一条可以长过我心里那一方水库。因为那里有我生命的泪珠，所以它会永远绵长，永远长流。

秋绝句

秋天啊，你在我眼中，是远方绿色的山脉，是脚下平坦的小径，是沉静而美好的湖泊。秋天是神奇的，你拥有万物，而万物亦在歌颂你；身处秋天的人啊，你不必哀伤，因为这里生长着永恒的太阳。

北方的秋天，尤其适合走路和出行，倒也不必去多遥远的地方，于我而言，离家不远的小山坡就已然足够。我站在山下远远望过去，清澈澄明的山色便映入眼帘，没想到小小山坡竟也是青山的模样，这倒是让我惊奇不已。

我一步一步地向前，平时觉得陡峭的小路，也因为秋天变得平坦了。在这个过程中，我无数次绕过落在小路上的叶子，舍不得踩下去，因为那是它们生命最后的痕迹，短暂而轻薄。叶子是这样，人也如此，最后的光阴总要走得慢一些，再慢一些。

我当然明白秋天是短暂的，不似春天的生机勃勃，也不似夏天的暴烈盛大，更不似冬天的明亮漫长，但秋天有属于它自己的画卷和绝句。

每一棵树都是斑斓的，不是千篇一律的绿，而是五彩的混合色，等秋风来时，会自由地起舞、摇晃，像极了一场大自然的欢宴。那么轻快，那么肆意，树不会想未来凋敝的事情，也不会向秋臣服，再没有比树更永恒的植物了。秋天流逝是秋天的事情，冬天来临是冬天的事情，与我们的生命无关。

当我觉得一切植物都应该衰败、凋零的时候，一朵红色的、明亮的花却在盛开，它开在一棵树的枝干上，在这样的秋日，在这样的九月，它就那么盛开了，当我看它时，甚至能嗅到它的花香，小小的红色花瓣，像极了夏日的太阳。你看啊，它以短暂的生命沉入秋天，也势必会以盛大的瞬间奏响永恒。

可是，我的肉体却不认可这样的永恒。我期待我的心跳向着世界各处迸发出各种各样的川流，蓝色的，粉色的，狭窄的，浩荡的，往山谷、森林而去。那时，我的身体会和世界融为一体，一起生，一起死。

但现实是，我渺小，我虚弱，我会流血，也会沉没。我既没有通向万物的水流，也没有永恒的太阳和生命，甚至，我还有疾病，有伤疤，以及怨天尤人的情绪。我就是这样，在痛苦中挣扎和崩溃，我会把自己关在一个屋子里，忍受黑暗，忍受疼痛，忍受一颗石头砸在我的头上。

而美好的是这个季节，是金黄色的秋天，是我穿过柔和闪亮的阳光，穿过干净清凉的草地，穿过饱满摇曳的葡萄藤，看看这迷人的秋天。抬起头，天空像蓝色的绸缎，山峦像铺在大地上的画卷，花枝像一个遗世独立的比喻。

于是我愿意，愿意张开双臂，拥抱秋天的树木和碧水，愿意赤着脚踩在秋天的土壤上，一路小跑着，从一条小径到另一条小径。我知道秋天很快就会逝去，我会迎来冰雪和漫长的寒夜，但此刻，我仍决定信任秋天，无限地信任，丝毫不会在意秋天会在何时结束。

在秋天，我不要消极，不要病痛，不要死亡。我要淋漓，要烂漫，要杜鹃啼血。

秋日暮色下，我躺在寂静的小山坡上这样想："人应该是连绵地展翅和飞升，哪怕身处淤泥之中，也不能背叛天空。"我的痛苦，我的脆弱，我的黑暗，这一切的一切都是暂时的，如同河底的一颗颗小石头，它们阻碍不了河流的流淌。我们这一生就是要朝着自己选择的方向奔涌而去，不在乎地势是否陡峭，不在乎疾风和骤雨，于河流而言，它的宿命只有两个字，那就是“抵达”。

那是河流的宿命，而秋天是有它自己的宿命的，它要枯萎，要凋敝，要诞生破碎的生命。但秋天又是连绵不绝的破碎和新生，它会新生出冬天，它会坚定地朝冬天走去，不是走向结束，而是走向开始。再没有一个季节像秋天一般英勇无畏，它像一个士兵一样，手握断剑，与时间搏斗。

我真正想说的是，不要在命运面前低下头。我们没有了武器，还有肉体；我们没有了青春，还有未来；我们什么都没有了，还有生命，而在生命里，我们每个人都是自己的宇宙。

且让我的身体变成同秋天一样的景观，我的双脚将是翠绿的草丛，我的头发将是茂盛的森林，我的身躯将是碧色的湖水，让群鸟在我的身上栖息，此刻便是永恒。

不要悲伤，不要疲惫，不要流泪，停下来，看看自己无比灿烂的身体，去爱这个秋天，去爱这个总是等待着你的世界吧。

当我爱这个世界，融入这个世界时，世界也和我融为一体。我想，生命的所有意义就是爱和拥抱。我已经准备好了，拥抱世界上所有的路，不管有多少荆棘和风雨，都要肆无忌惮地奔跑和起舞。

明日舟

要一直走，一直航行，要在荒芜里诞生出水和花朵，要在长满荆棘的词语里，写出属于自己的诗篇。

又是一个流泪的夜晚，又是一条残缺的河流，又是一座矮小的山峦，我盘坐在地上，任由眼泪滑过我的身体。只能在这样的夜里，一遍遍地看我的脸，听我的心，焐热我的脉搏。面对此河，此山，此身体，我空有眼泪是不够的。

我还要拿出什么呢?

我还要拿出宽阔的路，拿出漂亮的容颜，拿出春天，拿出花朵，把它们一一装嵌进身体里，或许只有这样，才能阻隔更多的眼泪流出来。“人生就是要花团锦簇”，正是抱着这样的期待，所以身体里的春天才永远不会死去。

行至此，回首曾经所受的鞭笞，那些流言蜚语化作坚硬的长鞭，每一鞭都打进我的血肉里，瞬间便鲜血直流。假如可以，我不要完整的身体，我要成为一块不会疼的石头，这样日日，这样夜夜，在岸边滚动，被人踩踏也不会疼痛。

但有时我也会想，有脉搏的人才会疼痛，有心跳的人才会疼痛，有眼泪的人才会疼痛，活着的人才会疼痛。我要活着吗？我要疼痛吗？哪怕剜心剔骨，也要如此吗？

我问走在人群中的很多人：“哪怕剜心剔骨，也要如此吗？”

我听不到他们的回答，只能听到他们身体里的心跳声，我便知道承载着这声音的那个地方，是多么强壮，多么有力，无法被打碎，也无法被网住。

人类啊，就像是瓷器，唯有经过上千度的高温烧制，才能拥有如同诗一般的瑰丽釉色，而很多人的釉色就是他们的眼泪，晶莹剔透的外表下，更重要的是他们的过往，他们的痛苦，以及他们在高温之下烧出来的一颗心。

我想赞扬我的这颗心，它柔软又茂盛，里面生长着荆棘和毒液，也生长着花树和溪流。有时它浸满眼泪，有时它也是湖的模样，干净清澈，仿佛那些磨难从未发生过。我希望有人看到它的时候，是看到它的繁茂、平坦和晶莹。多么晶莹的一颗心啊，它不停地在昏暗的角落里闪烁着。

已经记不清这是第几次坠落人生这条河流，带着我的鲜血、我的身体和我的精神，一次次坠落，每一次都做好了死去的准备，每一次都被河里的硬物撞到血肉模糊，但每一次又被船救起。这次又是一只小小的船，明明那么摇摇欲坠，却还是在风浪中把我救起来。

我血肉模糊，它说上船吧。

我不想上船，它说岸上有花。

后来我才知道，这只小小的船是我自己。

我是在农村出生的孩子，北方的农村在冬天总是那么刺骨，每次下雪的时候，我都会把脚踩进厚厚的积雪里，哪怕只是穿着单薄的鞋子，我也不害怕寒冷，踩进雪里，犹如踩进我冰冷的人生里。

用力踩进去，才能听到他们说的那些流言蜚语，异类，变态，不孝，自私自利，我用力地听，每一句都清清楚楚，我很想反驳什么，得到的却是烈火焚心般的痛。

妈妈，你离我那么近，却又那么远，你可以抱着我的头，却无法靠近我的心。我不敢告诉你，我的心其实是一条染着血的河流，我怕你看到那些血会害怕，会排斥，更怕你会对我视而不见。你说我是你身上掉下来的肉，可只有我知道，这块肉被扔进世俗里，不过是等待着被宰割的异类。

一定要做一条流血的河吗？

哪怕河水里都是坚硬的石头，哪怕最后的结局是干涸，也要一路向前吗？我想，春天里的河流不是河流，别人陆地上的河流不是河流，只有自己身体里那颗无畏的心，才是世上最好的河流。

当妈妈拉住我的手，想要把我拉回那条平静的河里时，我竟然开始害怕，害怕自己变得平静，害怕自己成为随波逐流的沙子，害怕自己再也无法回到那一个瞬间。

在那一个瞬间，我的身体被风浪席卷，我的眼泪被河水淹没，我的衣衫被泥土弄脏，但我会比风浪更猛烈，比河水更丰盛，比泥土更泥泞。我要反复地摔倒，反复地在河水里呼救，反复地流泪，反复地向这个世界呐喊，呐喊出我的山川和桥梁。

但总有一蹶不振的时刻，在我的山川还十分矮小的时刻，我便在这里安心停留。我告诉自己我不会溺亡，我是水一般的质地，只要有明天，便总会有舟，只要有舟，便总会有河流，有生命。

我问我的山川，我坚固的舟在哪里啊？

我的山川回答我，不要停泊，不要害怕墓地，要一直走，要一直航行，要在荒芜里诞生出水和花朵，那只舟就在我的眼底。我让自己变成河水，舟便会朝我而来。我让自己变成太阳，万物便会做我的臣子。

我要在长满荆棘的词语里，写出属于自己的诗篇。

茅草路

路，就是路而已。

提起家乡，总想起那条既狭窄又颠簸的茅草路，和柏油路相比，它异常狭小，又异常破旧，它的形态和样子注定了它就属于这里，属于这片偏远而荒凉的区域。我每当走在这条凹凸不平的路上时都会想，我需要的是一条宽阔的大路，路的两边一定种植着各种奇异的植物，绿色的叶子朝气勃勃，我会大步向前，把所有的石头、房屋、景色都甩在后面。

但我对那条茅草路仍有留恋，我回首，它就在那里，静悄悄地等着我的脚重新踏上它。它是那样结实，它的身躯一次次承载着我的奔跑，我摔倒一次，它就托举我一次，从走路到奔跑，再到我骑自行车，我的每一步都和这条茅草路连在了一起。

它一边刺痛我，又一边予我血肉。

还有父亲，他日复一日地在这条路上行走，但他从不觉得茅草路阻碍了他什么，也不觉得他这一辈子非要逾越什么，远方的山脉太远了，他只认得脚下的路。离开家的时候，我对他说："我要去找一条真正的路，而不是这样一条茅草路。"

他并不反驳我，只是小声地说："路，就是路而已。"

少年时代，我告诉自己要做跋涉者，要抵达那片绿色的草地，要把树枝折成月亮的样子插在我的头顶上，要在春天里做最明媚的梦。拥有宽阔的路，拥有月光，拥有亮晶晶的湖色，我的生命一定要是明亮的、笔直的，我不要悬崖峭壁，我要永恒的山川。

终于有一天，我找到了一条路，我得以在这里栖息。这里有蝴蝶，有鸟群，有树木，有清澈的水，我拥抱它们，就像是在拥抱自己的身体。我不停地在这条路上行走，喜悦、平静、光明，这些同时在我的身体里发生。我渴望和它们共振，发出清脆的响声，朝着世界，朝着脚下，这样才能让我忘掉我身上的伤口和痛苦。

但这条路也有晦暗的时节，到了秋末时分，所有的植物开始慢慢凋敝，蝴蝶和鸟群亦不在了，池塘干涸，连月光也变得寒冷万分，我的身体也会跟着僵硬起来，这条路似乎成了绝路。我只能等，等着来年春天。我只能爱这里的春天吗？似乎是这样的。每当这个时候，这条路就变成了很普通的一条路而已。这是我一直在找寻的路吗？如果不是，那我的路究竟在哪里呢？

我的耳边响起一个声音，它说：“你生根的地方，才是你真正的路。”那是我家乡的茅草路朝我发出的声响。

那时我如一棵参天大树般生长在城市间，我渴望这里的水，渴望这里的阳光，渴望这里的人群，渴望这里的美景，我努力在这里扎根，努力生长，努力和城市里的树木连在一起，被修剪，被赞美，被爱。

白天，我是愉悦的，我不断地将自己的躯干伸展，枝叶和其他树的枝叶缠绕在一起，似乎我们是一个整体，属于这里的整体，然后听着那些赞美声，繁茂、笔直之类，那些词语描绘的是一棵挺拔的树，是一棵无比茂盛的树。但真正让人恐惧的是，随着人工修剪，我亦变成了没有任何不同的树。我和周遭的那些树是一样的，一样的高度，一样笔直的躯干，一样完好的枝叶，甚至风吹过时叶子的朝向都如此整齐一致，如此完美，也如此乏味。我已不再是我自己，我是一棵漂亮的树。

而到了晚上，整个城市都陷入了沉睡，人、树、花朵等等，只有我还醒着，我又重新开始期待，期待躯干里可以迸发出新的生命，不同的、旺盛的、不完美的生命，我不要和它们一样，不要被修剪，我要重新生长，重新长出残缺的叶子，重新接受阳光。

我又想起了那条茅草路，在那条路上，我既是树，也是我自己。没有人修剪我，我就变回从前的模样；没有人赞美我，我就欣赏自己新长出的叶子，那样嫩绿，像青草，也像湖水，那是我作为一棵树的心脏。

我又重新回到了家乡的茅草路。

它仍然向我敞开，敞开它所有坚硬的土壤，敞开它路边的灌木，敞开它的灰尘，敞开它这么多年对我的等待和守候，于是我承认，承认我是属于这条茅草路上的生命，哪怕我细小、微弱、心怀恐惧，但只要这条茅草路还在，我生长的力量就在，我的爱就在。

我知道我依然是狭小的，但茅草路告诉我，不必怨恨，不必痛苦，行走而已，永远有路。我不再四处寻找，我学着父亲的样子看着脚下的茅草路，它是如此坚实，不仅支撑着我的双脚，也支撑着我的生命。

是的，我想每个人心里都有一条茅草路，或许曲折，或许荒凉，但它通往的却是你的内心，从少年起就已经注定的内心，多彩斑斓的内心，任其悲伤破碎却依旧会开花结果的内心。

醒醒春天

我会努力挺拔，努力把身上的全部积雪都融化，努力把身上的严寒变成温暖的阳光，努力叫醒我身体里的春天。

一个新的春天又到来了，一个崭新的、放肆的、盎然的，一个令人欢呼雀跃的春天又在我们每个人的体内苏醒了。在每一个困顿的时刻，在每一个春寒料峭的时刻，我都要大声喊出那句：“醒醒春天。”

终于等到了，终于熬过了重重的积雪，熬过了结冰的河流，熬过了排排的枯树，熬过了隆冬刺骨的枝条，等到了潺潺流动的河水，等到了发芽的树干，等到了温柔的、柔软的，足以包容万物的春天。

但若无严寒，又怎么会有温暖？若无干枯，又怎么会有丰盛？若无瘦弱的枝条，又怎么会有粗壮的树干？若无刺骨的冬天，又怎么会有今春？春天的树，春天的花，春天的雨，春天的土，都是上个冬天在这个世界种下的果实啊。不要忘记冬天。春天的到来不是忘记冬天，是走过，是经历，是感受。

若无感受，又怎么能叫作人生呢？人生就是要有雪，有严寒，有孤零零的树，有盛放着的花园。你大可以爱这里的琳琅，也可以爱这里的荒芜。世界的荒芜不叫荒芜，一个人心里的荒芜才是真正的荒芜。

春三月，偶遇一座古园，与南方绿意盎然的园林不同，这座古园像是荒废了很久的样子，围墙的颜色已经逐渐褪去，园中也多是枯树，我抬头望着它们，干枯的树干也仍是冬天的模样，很难想象这里还会有春花盛开的场景。寒冷总是那么漫长，哪怕已经是春天，园中的植物却被困在冬天，生长得那么缓慢，那么痛苦。

我越往园中走，越期待会有一棵树不是干枯的，而是长着绿芽，拼命地迎接着这个春天。我没有找到那棵树，但在角落里我发现了一棵小小的植物，它没有名字，毫不起眼，我仔细看过去，它细小的枝条上正冒着一点旺盛的绿芽，此刻，就是这点绿芽带来了整个春天。我看着它，说：“我们都会挺拔地生长，都会幸福的。”

春天，就是感知幸福的季节。

哪怕在这个季节，很多植物还没来得及长出绿芽，很多花树还没来得及开花，但只要有一点绿芽，就可以叫醒春天，叫醒那些沉睡着的树木和生命。

很多时候，我都陷在沼泽里，我也习惯

了严寒，习惯了积雪，习惯了痛苦，习惯了眼泪。在第一次被撞击、被掩埋的时候，我就认命了。我的命太小太窄，唯有认命，才不至于被击碎。

我无数次恳求，不要击碎我，不要把我的身体放在隆冬里，不要把我的灵魂废弃在荒芜的土地上。你们不要用斧头砍我的树干，不要用绳索绑住我的心，不要用寒冷让我的身体结冰。我的命仍是又小又窄，对幸福的期待却是宽阔而远大的。

如果一定要找我，不要到隆冬找我，不要到积雪里找我，不要到枯树下找我，请到有花的地方，有河流的地方，有爱的地方找我。我会在花朵的旁边拼命开花，会顺着河流一直流动，会幸福地站在爱人身边，用力地爱和流泪。

一定要爱吗？一定要爱到眼泪和幸福同时发生吗？一定要看着一个人的眼睛不死不休吗？

我的回答是：一定。我爱，就要爱到风

雪交加；我爱，就要爱到河流干涸；我爱，就要爱到不能爱为止。我想，今生的爱，等到了来世，仍是一场地动山摇。

我的爱人，请不要在冬天翻阅我。

我知道的，我的身上还有无尽的严寒和积雪，没有植物愿意在我的身体里发芽、生长，我亦长不出绿色的，如海一般的森林，我寒冷、凋零、不清醒，如果翻阅我的人翻阅到我的严寒，一定会躲避起来吧。

如果你要的是一棵茂盛的树，那你不要靠近我；如果你要的是一枝灿烂的花，那你不要靠近我。冬天的我，会刺痛我的爱人。我会努力挺拔，努力把身上的全部积雪融化，努力把身上的严寒变成温暖的阳光，努力叫醒我身体里的春天。

终于，春天醒了。

我把干枯的树木叫醒，我把凋零的花朵叫醒，我把荒废的花园叫醒，我把结冰的河面叫醒，我把自己叫醒。在春天，我重新变成花朵了，我可以开在任何一棵树下，我可以开在任何一条河边，我不再变得寒冷了，我成为春天了。

于是，很多很多的爱开始流向我，我的爱人带着花朵、果实和山川走向我，一点一点地观赏我，观赏我身上挺拔的树木，观赏我身上流淌的春水，观赏我身上丰盛的春天。春天，就是收获很多很多爱和幸福的季节，我要成为春天，要爱统统流向我。

成为春天吧，去盛开，去雀跃，去爱里一而再再而三地流淌。

后记

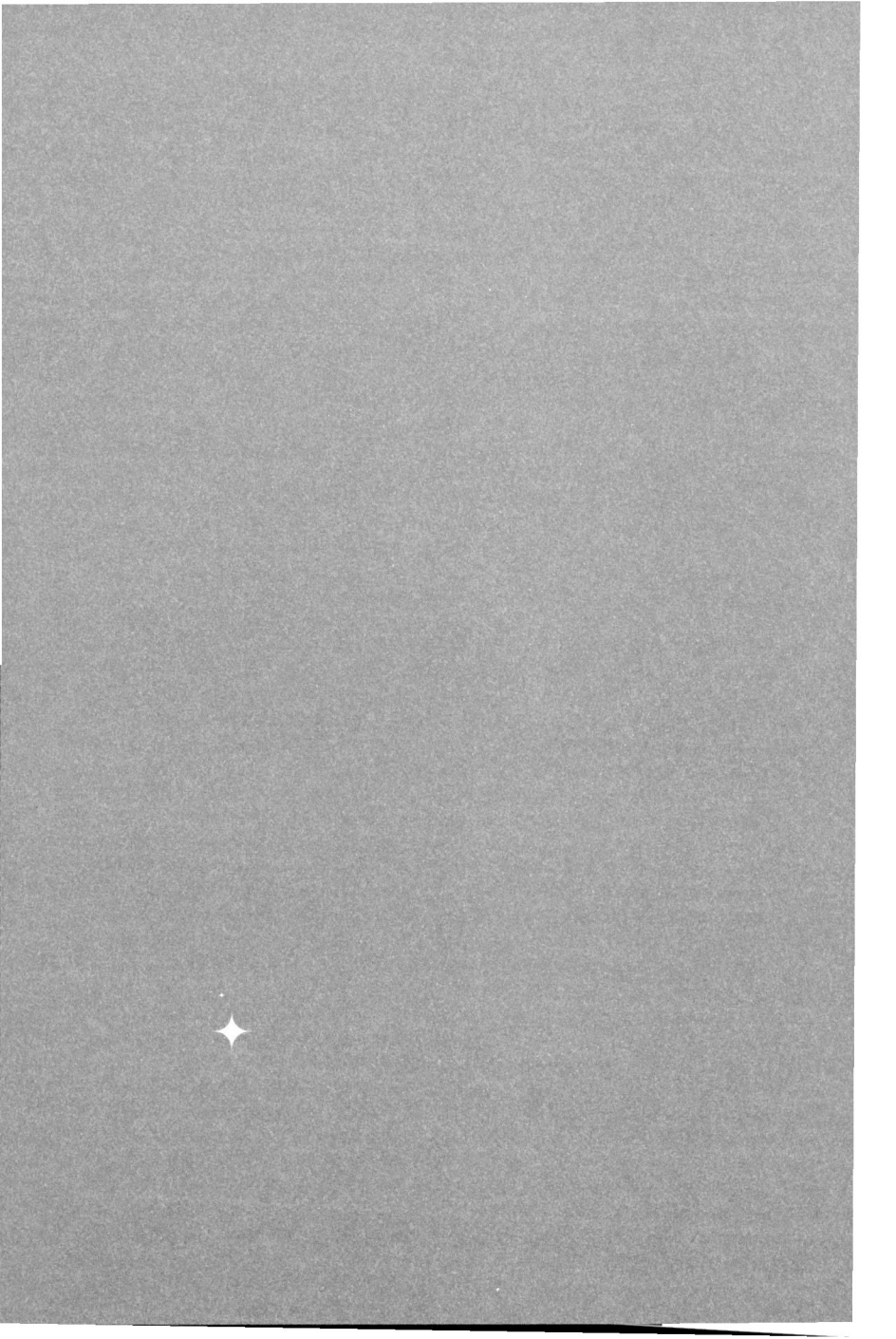

大家好，我是顾桥生。

抛开文字本身，我想和大家聊聊我这个人。

很多时候我喜欢把自己比喻为一艘窄小的船舟，每次在我以为要溺亡的时候，我总能活下去。我遇见过很多可以救我的人，他们乘着大船而来，于是我反反复复地向他们伸出手，可到头来我发现，救我的人始终是我自己。

我是我自己的命运，在这命运里充满了跌宕、眼泪和悲痛，但我也庆幸，我的命运里有很多坚硬的部分，像礁石一样，伫立在我的生命里。

我承认我不强大，我自卑、悲观、脆弱，又容易放弃很多事，还喜欢流眼泪，而且越长大，流眼泪的瞬间就越多。我想是我越来越正视自己的情绪了，不必小心翼翼地躲在某个山洞里，而是学会了在太阳底下流泪。真好，长大真好啊！

新书的很多内容是我身处低谷的时候写的，我和文字本就是互相托举的关系，就好像我之前写的“不是我创作了诗，是诗救出了我”，它从废墟里把我救出，让我重新站在这片土地上，成为一个脆弱而又坚强的人。

我想我依然会脆弱下去，会流很多很多眼泪，会有无数个崩溃的深夜，但等到了生命的尽头，我也可以骄傲地对自己说上一句：“瞧，多酷啊，你虽然脆弱了一辈子，但丝毫没影响你创造那些鲜活的瞬间！”

这本书，我想献给那些在人生这条河流里始终艰难撑桨的人，虽然我们素未谋面，却已经在文字里遇见过无数次了。我们同样普通，同样坚强，同样明亮，同样无畏，同样熠熠生辉。

最后，感谢我的编辑老师和一直以来喜欢并支持我的读者，谢谢你们让我的文字成了书，希望我可以在写作这条路上走得更远，更坚定。

顾桥生

写于 2025 年 5 月 20 日

图书在版编目（CIP）数据

愿你明亮如旷野繁星 / 顾桥生著 . -- 长沙 : 湖南文艺出版社 , 2025. 8. -- ISBN 978-7-5726-2485-8

Ⅰ . I217.2

中国国家版本馆 CIP 数据核字第 2025AV4436 号

上架建议：畅销 · 文学

YUAN NI MINGLIANG RU KUANGYE FANXING
愿你明亮如旷野繁星

著　　者：顾桥生
出 版 人：陈新文
责任编辑：何　莹
监　　制：张微微
策划编辑：王云婷
特约编辑：紫　盈
营销支持：王　睿
装帧设计：木头人
内文排版：麦莫瑞
出　　版：湖南文艺出版社
（长沙市雨花区东二环一段 508 号　邮编：410014）
网　　址：www.hnwy.net
印　　刷：北京中科印刷有限公司
经　　销：新华书店
开　　本：775 mm × 1120 mm　1/32
字　　数：118 千字
印　　张：8.75
版　　次：2025 年 8 月第 1 版
印　　次：2025 年 8 月第 1 次印刷
书　　号：ISBN 978-7-5726-2485-8
定　　价：48.00 元

若有质量问题，请致电质量监督电话：010-59096394
团购电话：010-59320018

在长满荆棘的词语里 写出属于自己的诗篇